HENRY SULZER

ODES ET POËMES

(1873-1876)

PRIX : 2 FRANCS

HAVRE

LEPELLETIER ÉDITEUR, RUE SÉRY, 47

1877

ODES ET POËMES

(1873–1876)

HENRY SULZER

ODES ET POËMES

(1873-1876)

PRIX : 2 FRANCS

HAVRE

LEPELLETIER ÉDITEUR, RUE SÉRY, 47

1877

ODES ET POËMES

I.

LE DERNIER FAUNE. [1]

A P. Joseph Pain.

Au milieu d'un bouquet de Saules, sous les branches,
Un frais ruisseau, couvert de lotus étoilés
S'écoulait. Les rameaux des aubépines blanches
Laissaient passer la lune aux doux rayons voilés.

Nul souffle n'agitait les peupliers superbes;
Tout sommeillait au bois, jusqu'au zéphyr léger
Qui ride à peine l'onde, et, sans courber les herbes,
S'en va joyeusement sur les fleurs voltiger.

Les rossignols, veilleurs de nuit de la feuillée,
Se taisaient, écoutant bruire sourdement
Une vague rumeur à l'instant éveillée...
.à source chuchotait avec recueillement.

.lain, au pied d'un saule, une forme indécise
.e dressa, puis grandit sous le feuillage vert,
Fantôme tout d'abord, elle devint précise,·
Et, lente, elle sortit du tronc d'arbre entr'ouvert.

---

(1) Poëme couronné par la Société Archéologique Scientifique et Littéraire de Béziers.

C'était le dernier roi des Faunes, un Satyre
Dont l'exil et le temps avaient vieilli les traits,
Sa bouche avait perdu l'habitude du rire,
De ce rire que Zeus enviait aux forêts.

Il s'avança, rêveur, sur le bord de la rive,
Et contempla la Source, ainsi qu'un amoureux
Les yeux de sa maîtresse. Alors, sa voix plaintive
Réveilla dans leurs nids les oiselets peureux :

— « Arbres de l'Age d'or, chênes moussus, vieux aunes
Qui dans vos troncs rugueux m'avez caché longtemps,
Recevez les adieux du plus triste des Faunes
Succombant, écrasé sous les rudes autans.

L'Age n'est plus, forêts, où dans vos sanctuaires
Passait comme un frisson chaste et mystérieux ;
Les hivers sont venus étendre leurs suaires
Et couvrir de leur deuil la retraite des Dieux.

Les Dieux étant partis, pourquoi demeurerais-je?
Vingt siècles ont passé, mes cheveux ont blanchi,
Et je sens sur mon front ridé leur froid de neige,
Sous le poids des douleurs mon vieux corps a fléchi...

C'est l'heure de mourir ! — Or, mon ame immortelle
Vers les cieux étoilés va monter sans regrets ;
Lorsque le désespoir m'aura séparé d'elle,
Je ne souffrirai plus de votre deuil, forêts !

Non! Je ne verrai plus les rives du Permesse
Rouler des flots fangeux et sans paillettes d'or,
Et le zéphyr muet, le zéphyr sans promesse
Ne viendra plus glacer mon esprit qui s'endort.

Et toi, source sacrée, asile du mystère,
Les frais baisers d'Eros voltigeant sur tes eaux,
Pourquoi ne veux-tu pas les redire à la terre !
Narcisse n'est-il plus caché dans tes roseaux?

Puisque voici le temps des proses décevantes
Où les bois ont perdu le rire des Sylvains,
Puisque le chant s'est tû, des Cythares savantes
Qui faisaient se dresser les pierres des ravins,

Fils des chênes, je veux redevenir un chêne ;
Les mortels frémiront, quand dans mes rameaux verts
Soufflera la rafale, et la forêt prochaine
D'épouvante et d'horreur frappera les pervers.

Echevelé, debout et fort dans la tempête,
J'agiterai mes bras sur le monde impuni.
Je laisserai mugir la tourmente, et ma tête
Plongera dans l'azur profond, dans l'Infini. »

Or, Cybèle écoutait vibrer la voix morose
De son fils, seul témoin des siècles disparus,
Et contemplait déjà cette métamorphose
Qui faisait hésiter la Source aux flots accrus ;

Cybèle avait senti les sèves de jeunesse
Affluer vers son cœur aimant et maternel,
Cependant que le Dieu buvait avec ivresse
Par sa racine immense, à ce fleuve éternel.

Ses bras, multipliés, se changeaient en ramures ;
Ses cheveux devenaient le feuillage d'Avril
Où la brise se glisse avec de doux murmures
Et des chuchotements de nymphes en péril.

C'était l'heure indécise où l'éclat des étoiles
Pâlit languissamment dans les Cieux éblouis.
La Nuit fuyait, craintive, en repliant ses voiles ;
L'Aurore souriait aux bois épanouis.

Superbe de fraîcheur, de jeunesse et de force
Sous les embrasements de son premier Soleil,
Le chêne dominait la forêt ; son écorce
Vivait et frémissait sous le rayon vermeil.

Dans son ombre, que mille oiseaux avaient choisie
Pour chanter leur cantique et pour faire leurs nids,
S'éveillait un parfum d'exquise poésie,
De rêves fabuleux, de pensers infinis ;

Et l'herbe des sentiers, les fleurs à peine écloses,
Les arbres, agités par un souffle pieux,
Célébrant les effets sans connaître les causes,
Semblaient reprendre en chœur un chant mystérieux ;

« Cybèle a conservé les sèves printanières !
Son maternel labeur qui jamais ne s'endort
Dispense ses bienfaits des cimes aux tanières,
Et c'est chaque matin que renaît l'Age d'or.

« Elle a doué les bois de poëmes sans nombre ;
Et, du chêne géant jusqu'au saule chétif,
Chaque arbre cache encor quelque Dieu sous son ombre
Qui murmure la nuit dans le zéphyr plaintif.

« Chêne, ne gémis point aux heures de tourmente !
Va ! ne regrette plus le passé douloureux,
Et que ton ombre soit la retraite charmante
Où s'éparpilleront les baisers amoureux !

« Ne crois pas, chêne altier, à la chute du monde :
Cybèle est toujours mère ! — Et si, parfois, les eaux
Redisent dans la nuit leur romance profonde,
Songe à Narcisse en fleur caché dans les roseaux ! »

———

II.

LA FALAISE.

A P. Cottard.

L'orgueilleuse falaise un jour disait à l'onde :
« Que m'importent tes cris d'horreur, ta voix profonde,
    Et, par les belles nuits d'été,
Tes murmures qui font soupirer les poëtes ?...
Je ris de ton amour, ô mer, et tes tempêtes
    Ne peuvent rien sur ma fierté.

« L'ouragan qui t'agite a beau frapper ma joue !
J'ai la stabilité des monts, et je me joue
    Du Zéphyr et de l'Aquilon !
L'homme brave tes flots et plonge en ton abîme ;
Jamais il n'a tenté de niveler ma cime :
    Je n'ai jamais eu de Colomb !

Pour déjouer tes plans, je porte au front un phare ;
Mon regard dans la nuit. Terrible solfatare,
    Il règne sur tes bords troublés,....
Et maintenant, hurlez, chiens hargneux, flots sans nombre !
Je vous dédaigne, et crois voir ondoyer dans l'ombre
    D'interminables champs de blés. »

Ainsi parlait un soir par la voix de la brise
Le granit à la mer, dont la vague s'irise
    Aux reflets du soleil couchant...
L'onde se tut... — Qui sait les secrets d'Amphitrite ? —
Et pendant de longs soirs, amoureuse et contrite,
    S'étendit aux pieds du géant.

Elle baisait le pied de la roche endormie...
Seulement, chaque nuit, dans l'étrange accalmie,
    Le phare entr'ouvrait à moitié
Son œil de feu ; mais rien ne s'offrait à sa vue
Que les flots qui venaient — servitude imprévue ! —
    Languissamment baiser son pié.

O trahison ! — Pourquoi, mer sombre, ta caresse
A-t-elle tant d'amour et de douce paresse ?...
    Pourquoi ce chant de mort si pur ?...—
Chaque lame arrivait, rêveuse, à la marée,
Et partait, emportant sur sa crête azurée
    Quelque léger fragment de mur.

Puis, une nuit, qu'au ciel sanglant grondait l'orage,
Sur l'immense rocher les vagues avec rage
    Déchaînèrent leur flot accru...
Et quand revint le jour, la mer victorieuse,
Paisible, redisait sa plainte harmonieuse
    Aux débris du mont disparu.

———————

III.

LES ANCIENS.

A D. Bourdet.

Oh ! ne dédaignons pas, nous, les derniers venus,
Dont les esprits craintifs s'égarent dans le doute,
Les rudes travailleurs qui tracèrent la route
Où, rêveurs, nous marchons vers les temps inconnus !

Sans doute ils étaient grands, ceux qui, prenant le monde
Vierge encor, tel un bois sans huttes ni chemins,
Et n'ayant pour outils que l'effort de leurs mains,
Rendirent à leurs fils la nature féconde.

Or, nous sommes leurs fils. Certes, nous n'avons pas
Grand mérite à briller dans le siècle où nous sommes :
Nous moissonnons un champ semé par d'autres hommes,
Nous jouissons des biens qu'ont créés d'autres bras.

Pour que nous récoltions le fruit de leurs pensées,
Au front des monuments nos pères l'ont tracé
Si bien, que depuis lors vingt siècles ont passé,
Et leurs inscriptions n'en sont pas effacées.

C'est pourquoi nous fouillons les temples d'autrefois ;
Anxieux, nous creusons le sol, où les statues
Des vieux Pygmalions reposent, abattues,
Dans les cours de palais qu'ont habités les rois.

Et, quand nous retrouvons l'œuvre des anciens sages,
Quand un Dieu de granit apparaît à nos yeux,
Nous rêvons de géants aux pas prodigieux
Nous devançant, la nuit, sur la route des Ages.

———————

IV.

LA STATUETTE.

A mon frère, Albert Sulzer.

C'était l'heure où le vin pétille dans les verres.
L'hôte avait été large, et les buveurs joyeux,
L'extase sur la lèvre et l'ardeur dans les yeux,
Se riaient des penseurs aux doctrines sévères.

« Les leçons du passé!... Laissons là ces chimères!
Disaient-ils. Enterrons nos morts, et vivons mieux ! »
Souvenir dédaigné d'un âge déjà vieux,
L'Alsace, dans un coin, songeait à nos misères.

Je contemplais ses traits où, malgré la douleur,
Un ineffable espoir règne sous la pâleur :
Elle ne paraissait rien voir ni rien entendre.

Mais, quand ces pauvres fous cessèrent de parler,
Je crus voir son profil d'albâtre se détendre,
Et sillonnant sa joue, une larme couler.

V.

DOLOROSA.

ODE.

A Robert Le Minihy.

I.

Gallia, par le fer meurtrie,
Se redresse, l'espoir au front,
Frémissante encor de l'affront,
Mais l'âme aux malheurs aguerrie.

Le passé dans l'ombre s'enfuit,
Et l'avenir qui se dévoile
Laisse apercevoir une étoile,
Resplendissante dans la nuit.

Pour fléchir de Dieu les colères,
Cette autre mère des douleurs
Lève ses yeux baignés de pleurs
Vers les immensités stellaires ;

Puis sa voix au trône éternel
Monte, prière harmonieuse,
Et la terre écoute, anxieuse,
La France interroger le Ciel...

« Seigneur, la coupe d'amertume
Est-elle vide ? et puis-je voir
Enfin quelque rayon d'espoir
Dans cet astre perçant la brume ?.,.

Une voix lui répond : « — Non pas !
Malgré les maux dont tu t'abreuves
Il est pour toi d'autres épreuves,
Que l'infortune des combats !

« La coupe n'est pas vide, ô France !
Et j'ai réservé pour ton corps
Humide encor de sang des morts
D'autres formes de la souffrance.

Ta gloire ne doit point pâlir ;
Mais je veux qu'en ces âges sombres
L'on sache combien de décombres
Ton astre peut voir sans faiblir !

« Ce n'est point assez de la guerre
Fauchant les plus beaux de tes fils ;
Ce n'est point assez des défis
D'un ennemi, bourreau naguère !

« D'autres épreuves surgiront,
France, du sein de tes entrailles ;
Il n'est ni glaives, ni murailles,
Ni pleurs qui les arrêteront !

« Les fleuves qui, de tes campagnes
Superbes sont les bienfaiteurs,
Tels des torrents dévastateurs
S'élanceront de leurs montagnes,

« Et, par leur courroux emportés,
Couvriront tes vastes prairies,
Tes vignes, tes moissons mûries
Et tes enfants épouvantés...

« Oui, tu subiras ces désastres
O reine des audacieux,
Avant que ton étoile aux cieux
Reprenne rang parmi les astres ! »

La voix s'est tue, et Gallia
Lève sa tête résignée
Comme, sa tâche terminée,
L'homme qu'un faix trop lourd plia ;

Car, de même qu'après l'orage
Revient le calme d'un beau soir,
Après la voix de désespoir
Une autre avait crié : — Courage !

II.

— Courage, ô Gallia ! relève ton front pur !
Oui, tes fils sont tombés comme tombe un fruit mûr
   Sous les rafales de l'automne.
Et d'autres périront encore — je le sais ! —
N'entends-je pas déjà le fleuve aux flots pressés
   Gronder comme un canon qui tonne !...

Mais le bras qui te frappe un jour se lassera,
Et, devant ta douleur résignée, on verra
   S'arrêter les dures épreuves ;
Or, tes jeunes guerriers et ceux qui survivront
Connaissant ta vaillance ancienne, viendront
   T'apporter leurs armures neuves.

Ils te diront : — Marchons ! Mère, entends-tu là-bas
Nos frères t'appeler ?... Ils te tendent les bras !
   Mère, dresse-toi ! plus de larmes !
Alors — ô délivrance ! — ils te verront venir,
Tous les désespérés, les captifs, pour finir
   D'un coup leurs mortelles alarmes.

Puis, tu t'arrêteras, Gallia, pour songer...
Certe ! il est grand de vaincre et doux de se venger ;
   Mais faut-il garder la mémoire
Du passé monstrueux dans les temps endormi !...
Faut-il que l'étranger demeure l'ennemi
   Sans cesse envieux de ta Gloire !...

Ta gloire !... Elle est plus haut, et ne réside pas
Dans la Force, qu'on livre aux hasards des combats
   Et qu'un seul revers peut détruire !
Non ! ton but est plus noble et ton destin plus beau !
L'art est ton champ d'honneur, ton glaive est un flambeau
   Et ton trophée est une lyre !

Une lyre vaillante et qui chante toujours !...
Pour l'avenir, pour la douleur, pour les amours
    Elle vibre, fière ou mystique ;
De la pensée immense elle sait le chemin...
Oh ! laisse-moi scander un hymne surhumain :
    Je suis ton âme poétique !

Je veux dire pour toi mes vers consolateurs.
Reprends ton luth. Rassemble, oubliant tes douleurs,
    Toutes ses cordes échappées ;
Et nous invoquerons l'avenir radieux
Dans un chant qui fera revivre les aïeux
    Et frémir les vieilles épées !

———————

VI.

SUR UNE TOMBE.

Pourquoi ton pur regard, ce doux rayon d'étoile,
S'est-il déjà perdu dans l'infini des cieux ?...
N'est-il plus de clarté qui ne trouve son voile ?
L'absinthe est-elle au fond de tout verre joyeux ?

Oh ! laisse-moi pleurer ! Ignorant la tourmente
De la vie et les coups de foudre du destin,
Je sertissais des vers que tu lisais, charmante,
Sans entendre gronder le tonnerre au lointain.

Je ne pouvais songer, — tant la Parque maudite
Est lâche en ses complots et traître en son essor, —
Qu'elle planait déjà sur ton front qui médite
Pour livrer ta jeunesse aux caprices du sort...

Et c'est ainsi, pourtant ! O ma belle rêveuse,
Le printemps sur ton corps d'albâtre, hier vermeil,
Jette en vain son sourire et sa clarté menteuse...
Tu n'en sais rien : tu dors de l'éternel sommeil.

Le feuillage d'avril frissonne ; la Nature
Tressaille de désir sous le divin flambeau ;
La rosée à chaque aube efface une souillure...
Qu'importe aux trépassés que l'Avril soit si beau !

Mais, si l'âme survit au tombeau ; si la pierre
Garde dans sa fraîcheur ton suprême serment,
Tu rouvriras peut-être au grand jour ta paupière,
Et tu viendras répondre à mon gémissement.

VII.

APRÈS LE COMBAT.

La lutte ayant duré tout le jour, les vainqueurs
Accordent un répit à l'armée en déroute...
Est-ce pitié?... — Non certe : en guerre, l'on n'écoute
Aucun des sentiments qui fléchissent les cœurs.

Mais le sang des vaincus est semblable aux liqueurs
Malsaines, dont bientôt le buveur se dégoûte ;
Et, par l'obus fauchés, gisent sur la grand'route
Assez de corps sanglants pour causer des rancœurs,

La Nuit descend enfin, — une nuit sans étoiles
Qui couvre avec horreur sous ses funèbres voiles
Cette scène, témoin de nos iniquités ;

Et par instants, la lune, inquiète, regarde
Les faces des mourants nus et déchiquetés,
Qu'elle vient éclairer de sa lueur blafarde.

VIII.

OPÉRA-BOUFFE.

Ce monde m'apparaît comme un opéra-bouffe
Sous l'astre étincelant d'un plafond azuré...
Sur ma banquette assis, par les voisins serré,
Je regarde, immobile, et l'air malsain m'étouffe.

La scène est dans la salle. Or, chaque spectateur
Se soulève à sontour, et joue un bout de rôle
Stupide quelquefois, mais assez souvent drôle,
Et se rit du public dès qu'il n'est plus acteur.

Et les badauds, alors, ne se sentent pas d'aise...
Tandis que des amis l'on médit de son mieux,
L'œil unique d'en haut se penche, curieux,
Sur la salle, et ses feux la changent en fournaise.

Les fous bariolés de moment en moment
Se succèdent, jouant la comédie humaine;
L'un a le rire franc, l'autre rit avec peine,
S'exécute, et grimace abominablement.

Soudain, un histrion lugubre et famélique
Se dresse, inattendu, sans brillants oripaux.
Il marche d'un pas sec, brandissant une faux;
Il porte en bandoulière une clepsydre antique.

Son aspect a glacé d'horreur les assistants...
Il marche... L'on entend craqueter ses vertèbres;
Il marche, et de sa faux aux chatoiments funèbres,
Manœuvre, dédaigneux des grincements de dents,

Puis sort, tel un acteur dans une tragédie...
Le public, stupéfait, reste silencieux;
Mais, son effroi passé, sous l'œil rouge des cieux
Il reprend en riant l'infâme parodie!

IX.

L'ENVIE

POÈME.

Sur l'immense chemin qui, des bocages frais
Où parmi les lilas butine la jeunesse
Descend jusqu'aux tombeaux ombragés de cyprès,
L'homme, par le Destin poussé, marche sans cesse...

Il marche, rencontrant avec chaque saison
Des obstacles nouveaux pour son pas variable,
Et voit incessamment courir à l'horizon
Comme un filet d'argent, la route interminable.

Qu'importe!... Il a l'espoir! — Si le froid des hivers
Dépouille les ormeaux et fait trembler le chêne,
Le Printemps éternel rendra les arbres verts :
Dieu sourira peut-être à l'Aurore prochaine.

Ainsi, l'homme s'avance avec l'espoir au cœur,
L'été sous le soleil et l'hiver sous la neige;
De la lutte suprême il veut sortir vainqueur,
Et sa volonté doit triompher de tout piège.

Il a son but. — Plus haut que le dôme des bois,
Dans la nue où rayonne une étoile, il contemple
Son Idéal, plus clair ou plus sombre parfois,
Son Idéal, auquel il construirait un temple!

Pauvre fou!... tu crois donc, au delà du Réel,
Pouvoir jouir d'un bien ignoré du vulgaire!...
Tu crois pouvoir vider la coupe d'hydromel
En laissant chaque fois l'absinthe au fond du verre!

Puis, doucement bercé par les songes trompeurs,
Poëte, tu t'étends à l'ombre des platanes,
Et tu crois voir passer, dans de roses vapeurs,
Comme un frivole essaim d'amoureuses sultanes !

L'envie est là qui veille... et, lorsque tu t'endors,
Le front comme entouré d'une auréole blanche,
Cette vieille, que ronge un éternel remords,
Vient, rampante, et sur toi, farouche elle se penche.

Mais tu ne sais donc pas que c'est un crime affreux,
De marcher sans tourments dans l'enfer de ce monde,
De croire en l'avenir, d'espérer, d'être heureux,
Quand tant d'autres du mal portent la lèpre immonde;

Et lorsque tu t'en vas, insoucieux, parmi
Les bois et les prés verts, ainsi qu'un roi sans garde,
Lorsque tu crois trouver en tout homme un ami,
Ne vois-tu pas cet œil haineux qui te regarde!...

.·.

Fusses-tu, vivant, dans la terre,
Où s'enferma, dit-on, Caïn,
Eusses-tu, sur ton mur de pierre
Une autre enveloppe d'airain,
Tu trouverais encor l'Envie
Qui, jusqu'aux confins de la vie,
Sans relâche te poursuivrait,
Et tu verrais luire dans l'ombre
Son œil sinistre, au reflet sombre,
Son œil, qui te regarderait !

Tu percevrais dans le silence
Des mots infâmes et railleurs,
De ces mots qui, sans violence,
Savent abattre les grands cœurs;
Tu verrais que ton ennemie
A pour armes la Calomnie,
L'Intrigue et la Perversité,
Et tu dirais que Dieu le Père
S'inspira d'une idée amère
Lorsqu'il créa l'Humanité !

.·.

Que de vastes esprits, que d'austères grands hommes
Depuis les temps anciens jusqu'au siècle où nous sommes
    Tombèrent — hélas ! — sous tes coups,
O fille de l'enfer ! — Combien de capitaines,
Combien de nobles cœurs, combien d'âmes hautaines
    Lâchement frappés comptons-nous !

C'est qu'ils ne savaient pas, ceux de qui la pensée
Plongeait avec amour dans l'époque passée
    Ou dans l'aube de l'Avenir,
Que, si l'aigle vainqueur s'élance dans la nue,
Les serpents sont dans l'ombre, et que l'heure venue,
    Sans bruit ils sont prêts à sortir.

C'est qu'ils ne savaient pas, ces athlètes candides,
Que l'Envie est semblable à ces arbres splendides
    Distillant un subtil poison;
Qu'on meurt, à respirer des corolles écloses;
Que trop souvent le taon se cache sous les roses
    Et dans les blés le charançon.

C'est qu'ils n'avaient souci que des grandes idées;
Et leurs âmes toujours vers l'Inconnu guidées,
    Leurs esprits vers l'azur partis
Ne s'allaient pas souiller aux contacts de ce monde:
Ils passaient professant une pitié profonde
    Pour les infiniment petits.

Et tous, penseurs, savants, novateurs, philosophes,
Maîtres de la parole ou sertisseurs de strophes,
    Tous, victimes des envieux,
Ils ont vu cette lèpre attachée à leur gloire....
Souvent même, le crime offensa leur mémoire
    Par des accents victorieux.

∴

Mais la postérité, qui de honte frissonne,
Sait à chaque martyr décerner sa couronne:
Par l'estime des fils les pères sont vengés,
Et les peuples, alors des haines dégagés,
Saluant volontiers ceux qu'ils n'ont pas vus naître,
Reconnaissent enfin la valeur de leur maître.

Puis, sous le gazon vert quand un siècle nouveau
Du penseur méconnu vient cacher le tombeau.
Un juste, méditant à son tour, dit: — En somme,
Celui qui dort ici fut peut-être un grand homme! —
. . . .
. . . .

Ainsi, d'un regard pur embrassant l'avenir,
Dédaignez, ô penseurs, les complots de l'Envie;
Gardez, sur le chemin sinueux de la vie,
Cette sérénité que rien ne peut ternir!

Qu'ils épuisent sur vous leurs colères stériles,
Tous ces ambitieux dans l'attente déçus!
Qu'importe!... Ils passeront pourtant inaperçus,
Et l'arme tombera d'entre leurs mains débiles,

Vos fils liront l'Histoire, et ne comprendront pas,
En voyant que le sol est noir de leurs armées,
Ce que vous demandaient ces hordes de pygmées
Opiniatrément attachés à vos pas,

Ils se diront, pensifs: — Au devant de nos pères
En ce temps, s'agitait, empressée, une Cour,
Et des esclaves noirs les suivaient tout le jour
Priant pour que leurs ans durent longs et prospères, —

Alors, votre sagesse aura porté son fruit:
Les peuples, songeant moins aux discordes civiles,
Lorsque l'oiseau fatal aura quitté leurs villes,
Sauront bien quelle voie au Progrès les conduit,

Tels ces restes sacrés enfermés dans les urnes,
Ils porteront vos noms à la Postérité,
Et, remontant le cours éternel du Léthé,
On verra quel sillon tracèrent vos cothurnes.

1873.

X.

EXCELSIOR.

Imité de H. W. Longfellow.

La montagne, majestueuse,
S'endormait au sein de la nuit,
Quand, par la sente tortueuse
Qui vers les pics neigeux conduit,
Un enfant beau comme un archange
Portant une bannière étrange
Apparut, prenant son essor...
Une devise noble et fière
Etincelait sur sa bannière ;
    Excelsior !

Son front reflétait l'amertume
Des vaines luttes d'ici-bas,
Des précipices dans la brume,
Semblaient là pour tenter ses pas...
Les volets des chaumières closes
Laissaient courir des filets roses
Sur la neige, épaisse au dehors ;
Mais lui, sans détourner la tête,
Montait, grave, dans la tempête...
    Excelsior !

« Arrête, enfant, lui dit un sage
Au front blanchi par les hivers,
Ne va pas franchir ce passage !
Les cieux sont d'un voile couverts,
Les cieux sont noirs, la terre est blanche.
Crains les fureurs de l'avalanche,
La foudre, plus terrible encor... »
Sourd à la voix du patriarche,
L'insensé poursuivait sa marche...
    Excelsior !

Une enfant aux yeux de gazelle,
Gretchen, plus blonde que les blés,
Lui prit la main : « Rêveur, dit-elle,
Arrête tes pas désolés !
Es-tu si lassé de la vie,
Lorsqu'à l'amour on te convie,
Pour choir dans les bras de la mort ?...
Un pleur trembla sous sa paupière,
Mais il reprit sa course altière ;
        Excelsior !

Sur les hautes neiges, l'Aurore
Jette un premier reflet blafard,
Bientôt, le soleil levant dore
La cime du mont Saint-Bernard.
Au fond des brumes matinales
On perçoit un bruit de sandales ;
Puis, claire comme un son de cor,
Une clochette... Un moine passe,
Mais quel cri déchire l'espace ?...
        Excelsior !

C'est lui, l'enfant de la vallée ;
Le ciel a puni son orgueil
Et, dans cette nuit désolée,
La bise a creusé son cercueil.
A demi recouvert de glace
On l'a trouvé : voici la place.
Ne le réveillez pas : il dort !...
Et superbe, dans la lumière,
Sa main serre encor sa bannière :
        Excelsior !

XI.

AU COIN DU FEU.

J'aime les soirs d'hiver longs et silencieux...
Lorsqu'aux vitres s'étend le froid rideau de givre,
Parcourir près du feu les pages d'un vieux livre
Me semble un passe-temps des plus délicieux.

Les pieds abandonnés sur mes chenêts de cuivre,
Si, le feuillet tourné, je relève les yeux,
Je me dis qu'il est bon, loin des ambitieux,
De ne rien désirer et de se laisser vivre.

Mais tandis que la flamme, allongeant ses sillons,
Dans mon foyer noirci fait taire les grillons,
Une autre perspective à mon esprit s'entr'ouvre...

Je songe aux malheureux, par la bise engourdis
Qui, vers le ciel neigeux, tendent leurs bras raidis
Et s'endorment, glacés, sous le porche du Louvre.

XII,

AVANT L'ORAGE,

Le soleil est de plomb. Les faucheurs, accablés
Par ses rayons brûlants, ont délaissé l'ouvrage,
Et vont sous les pommiers chercher un peu d'ombrage.
Aucun souffle ne fait onduler les grands blés.

Sous le couvert des bois, les oiseaux sont troublés
Par ce calme insolite, et pressentent l'orage.
Seul, un pic, par le bruit suppléant au ramage,
Sur un tronc vermoulu frappe à coups redoublés.

Mais un sourd grondement a traversé l'espace,
Epouvantant l'autour qui sous le Zénith passe,
Au front du firmament monte un nuage noir ;

Et les bœufs indolents, croyant l'heure venue
Où le jeune bouvier les mène à l'abreuvoir,
Beuglent lugubrement en regardant la nue.

XIII.

LA RÉVOLTE.

A James R. Partridge.

I.

Dans le parc ombreux, et dans les grands bois
Qu'une nuit de Juin remplit de mystère,
Tout dort, — Pas un cri, pas un bruit de voix,,,
Le château se dresse au fond, solitaire.

Avec ses créneaux, son ancienne tour
Sur le fond du ciel fait sa tache brune,
La haute muraille est percée à jour
Et laisse passer des rayons de lune.

Cette nuit de Juin est charmante, — Au fond
Des ravins bordés de branches fleuries,
Tout est sombre; en haut, les grands arbres font
Profiler leur ombre au sol des prairies.

C'est l'heure divine où les amoureux
Dans les champs déserts parlent aux étoiles ;
Où, sous les regards des Tritons peureux,
Vénus Astarté se montre sans voiles.

C'est l'heure d'aimer, car tout nous le dit :
L'étoile plus tendre et l'air plus limpide ;
Et l'horloge, au front du donjon maudit,
Pour sonner minuit devient plus timide.

II.

Le long d'un chemin couvert d'églantiers
Qui du vieux manoir descend à la plaine,
S'avance, scrutant l'ombre des sentiers,
Une femme en blanc, — c'est la châtelaine.

Elle est belle, et porte, avec ses vingt ans,
L'attirail charmeur des grâces naïves
Que pour les amours sertit le Printemps;
Ses regards sont pleins de pudeurs craintives.

O femme! pour qui ton cœur indompté
Te fait-il errer dans la sente ombreuse?
Et pour quel amant as-tu donc quitté
Le lit de l'époux?,. O folle amoureuse!

Pour qui donc, sinon pour le doux chanteur,
Pour le gai trouvère aux strophes hardies
Qui, l'hiver dernier, puissant enchanteur,
Alentour causa de tels incendies!

Le billet brûlant que tu lui donnas
Au milieu de fleurs, prix d'une romance,
Il l'a bien souvent baisé,.. Va, tu n'as
En deux mots que trop versé ta démence!

Et combien de fois ne l'a-t-il pas lu
Laissant reposer pour toi sa mandore!
Il est là, caché, — tu l'auras voulu,
Frivole! — il est là, le baisant encore!

La belle mondaine, oubliant les droits
De son vieux baron qui là-bas sommeille,
Déchirant sa robe aux sentiers étroits,
Court, l'ardeur aux yeux, la lèvre vermeille,

Court, et dans les bras de l'enfant charmé
Se laisse tomber, folle, haletante,..
Son cœur, trop longtemps à l'amour fermé,
Va donc abreuver les soifs de l'attente!

« Tout dort au château, tout dort dans les bois!
Dit-elle, j'ai peur... de quoi?.. de la nue?..
Je suis folle!.. Hier j'entendis ta voix,
Enfant! Je t'adore et je suis venue!

» Ce n'est pas ma faute, hélas! si tu sais
Si bien captiver mon âme rebelle!.., »
Lui, couvrant ses mains blanches de baisers,
Murmurait tout bas: « Que vous êtes belle! »

» Dieu m'a faite libre; aussi je voulais
Voleter gaiment parmi la feuillée;
On m'a mise en cage au fond d'un palais...
Un jour, ma prison s'est ensoleillée.

» Le ciel soit loué, puisque tes vingt ans
Ont de leur soleil éclairé mon âme:
C'était l'âpre hiver, et c'est le printemps
Que tu fais briller en mon cœur de femme! »

III.

Et l'enfant, muet, ouvrait de grands yeux
Purs comme un rayon sur un lac limpide
Reflétant l'azur éclatant des cieux...
Mais elle reprit d'une voix rapide:

« Ne t'éloigne plus, poëte! Je veux
T'avoir près de moi, le jour comme page;
Mais, la nuit venue, ô fol amoureux
Tu viendras charmer mon dur esclavage....

» Tu vivras heureux et de tous aimé... »
Mais le beau chanteur s'est redressé, pâle,
Le front rayonnant et l'œil enflammé,
Alors, lentement et d'une voix mâle:

« Madame, je suis un coureur de bois,
Un pauvre poëte, et n'ai rien sur terre,
Rien... que ma guitare, allègre parfois...
Je vais au hasard, rêveur, solitaire;

» Je chante en chemin avec les oiseaux;
J'écoute frémir au vent les platanes;
L'été, je m'endors parmi les roseaux;
Et l'hiver, au camp joyeux des gitanes.

» Sur ceux qui s'en vont la dague au côté,
Je ne jette pas de regards d'envie:
Un peu de soleil et ma liberté,
C'est de quoi gaiment traverser la vie!

» Mais qu'avez-vous dit! J'irais à jamais
Sous vos murs dorés cacher ma jeunesse!
Et la liberté que, pauvre, j'aimais,
Ce bien, le meilleur que mon cœur connaisse,

» Je l'immolerais aux pieds d'un Seigneur!
Les regards baissés, confondu dans l'ombre,
Je lui redirais ce que le bonheur
M'inspira jadis de strophes sans nombre!

» Parfois, ce vieillard qu'un poëme endort
Voudrait plaisamment jouer au Mécène :
Quoique sans souci de mes rimes d'or,
Il me jetterait une bourse pleine

» Avec le dédain qui sied aux barons....
Alors, la vengeance au cœur, vil, infâme,
Me cachant ainsi que font les larrons,
J'irais lui voler l'amour de sa femme!...

» Ce projet affreux, vous l'avez conçu!
' us, par qui mon âme était attendrie,
Vous substituez en mon cœur déçu
Un pareil amour à ma rêverie!

» C'en est trop, Madame! — En baisant vos mains
Et bien qu'il m'en coûte, il faut vous le dire :
Je pars! — Je m'en vais, le long des chemins,
Libre, et fier encor de ma vieille Lyre! »

IV.

L'Aurore naissait. — Un reflet vermeil
Eclairait déjà les hautes ramures,
Et de toutes parts, c'était le réveil
Qui se signalait par de doux murmures.

L'air était limpide et frais. Des rayons
Se glissant, furtifs, buvaient la rosée
Et semblaient autant de légers sillons
Dont le ciel couvrait l'herbe reposée;

Le sentier, bordé par de verts talus,
S'allongeait, ombreux, droit, interminable;
Partout enlacés, des bras chevelus
Du chêne géant allaient à l'érable;

Et, dans le lointain prenant son essor,
De son Idéal l'âme enamourée,
L'enfant, éclairé par un rayon d'or,
Marchait, le front haut, dans l'aube empourprée.

XIV.

PLUIE ET RAYON.

Rêveur, que t'a fait cet enfant ?
Il chantait, craintive mésange
Et vers toi courait, triomphant,
Les bras entr'ouverts, comme un ange.

Il courait, les bras outr'ouverts
Comme il en avait l'habitude,
Et ne sachant pas que les vers
N'éclosent qu'en la solitude.

Tu lui dis : va-t-en ! Et ta voix
Était à ce point irritée,
Que, frêle colombe aux abois,
Il s'enfuit, l'âme épouvantée.

Il s'alla blottir dans un coin,
Le cœur gros de vaines alarmes,
Courbant son front pur, et de loin
T'observant à travers ses larmes.

Ses doux yeux — un reflet du ciel —
Te reprochant ta brusquerie
Disaient : — Faut-il que tant de fiel
Se mêle à tant de rêverie !... —

Oh ! l'homme a tort, qui se défend
D'un pas généreux ! Sans rien dire,
Tu tendis les bras à l'enfant...
Il répondit par un sourire ;

Et, parmi les fraîches couleurs
De la tête blonde et rosée,
Tu vis briller, au lieu des pleurs,
Ce rayon, buveur de rosée.

Puis, tu pensas : — Pourquoi rêver !...
Qu'est-il besoin de tant écrire !...
Jamais je ne pus achever
Un chant qui valût ce sourire !

XV.

ÉCRIT AU PIED DES ALPES.

O montagne ! ta haute et pure majesté
Plaît au rêveur. Il voit en toi l'autorité
Dont Dieu voulut vêtir les choses éternelles.
Tes cimes ont l'aspect grave de sentinelles.
Droites, le front plongé dans les abîmes bleus,
Elles parlent de l'homme aux spectres nébuleux
De l'éther.
      O colosse à la tête nacrée !
Tu veilles, étendant bien loin sur la contrée
Ton ombre formidable et douce, et l'Éternel
Laisse planer sur toi son regard paternel
Qui nous paraît d'en bas une auréole blanche.

Voulant t'armer, Dieu mit à ton flanc l'avalanche
Avec ces rocs altiers qui, parfois ébranlés,
Tombent comme la foudre au fond des défilés.
La forêt verdoyante a recouvert d'un pagne
Ta ceinture, et descend jusque dans la campagne,
Et le roi glorieux du zénith, l'Aigle, met
A chaque renouveau son aire à ton sommet.

Combien n'as-tu pas vu de vanités humaines
Sourdre dans les pays où, chaste, tu promènes
Ta grande ombre ! Et combien de peuples passeront
Encore sous le nimbe auguste de ton front !...
Combien iront sombrer dans l'infini des âges
Avec leurs monuments, leurs guerriers et leurs sages,
Avant que Dieu, pour qui ta crête n'est qu'un mur,
Ne couvre de ta roche un lac aux flots d'azur,
Ou ne fasse servir ta gloire immaculée,
O montagne ! à combler le fond d'une vallée.

XVI.

SONATE.[1]

A Alfred Desprez.

I.

Auprès d'une croisée entr'ouverte à la brise
Et laissant pénétrer les senteurs des îlots,
Un noble clavecin, d'origine indécise,
Sommeille... Mais le soir, à l'heure où dans les îlots
Se perdent les chansons vagues des matelots,
Lydia le réveille avec sa grâce exquise.

Avant que de ses doigts le rhythme cadencé
Ne fasse tressaillir les cordes languissantes,
Dites-nous, souvenirs, échos du temps passé,
Ce que vous ont légué les Muses frémissantes!... —
Ce stoïque témoin des cruelles tourmentes
De chanter les vertus s'est-il jamais lassé?...

Tous les transports de l'âme et toutes les pensées
Austères l'ont choisi jadis pour confident,
Les pâles Fictions, par l'esprit dépensées,
Sur son bois craquelé vibrèrent en passant,
Puis s'enfuirent, — ainsi que sur l'aile du vent
La frileuse hirondelle, — aux sphères irisées.

Aujourd'hui, que le Lai du dernier Ménestrel
S'est perdu dans la nuit des oublis et des âges,
La Sonate, apportant en son chant immortel
Des souvenirs qu'on croit tombés des bleus parages,
La Sonate, plaintive au milieu des orages,
Des flancs du clavecin prend son vol d'Ariel.

II.

— J'aime cette Sonate au large caractère! —
Lui dis-je. Et sans tarder, au fond du grand casier

---

(1) Poëme couronné par l'Académie de La Rochelle.

Elle prit les feuillets; puis, d'un air de mystère,
Ainsi que l'on s'assied devant un orgue austère,
Pensive, Lydia vint se mettre au clavier.

Au couchant embrasé, le soleil dans les ondes
Se baignait, — comme, après le rustique labeur,
La Faneuse, laissant flotter ses tresses blondes,
Se va plonger au sein des rivières profondes,
Cherchant en leur cristal un reste de fraîcheur.

La nature, étouffée et presque haletante
Sous les brûlants baisers de l'altier roi du jour
Se détendait enfin, et la brise clémente
Au milieu des buissons jetait sa voix dolente,
Chuchotant au feuillage un doux hymne d'amour.

Alors, du clavecin aux sculptures gothiques,
Du sein des vieux panneaux tremblants de vétusté,
S'élancèrent aux cieux des accents séraphiques...
On eût dit quelque esprit des siècles héroïques
Par un rhythme puissant vers l'azur emporté.

Et, tandis que le cours changeant de l'harmonie
Passait, sylphe léger, sur les ailes du soir,
Et qu'avec une grâce adorable, infinie,
Lydia me semblait, impérieux génie,
Arracher des aveux au clavier blanc et noir,

Le flot de mes pensers au blond pays des rêves,
Vers l'Idéal, en moins d'un instant fut poussé...
Je contemplais, songeur, l'onde battant les grèves,
Et je voyais surgir, entrecoupés de trèves,
Du milieu des embruns, les faits du temps passé.

III.

Trois ombres vagues et mystiques,
Un guerrier, un moine, un bouffon
Vêtus ainsi qu'aux temps antiques,
Entrèrent dans ma fiction.
Le premier, de haute stature,
Portait fièrement son armure,
La cotte de fer, le cimier,

Son pas ferme avait l'assurance
De la valeur, et sur sa lance
Il appuyait son torse altier.

L'autre, sous le froc couleur bistre
Courbait sa taille, et l'on eût dit
Que la souquenille sinistre
Cachait le poignard d'un bandit.
Ses regards, fauves mais sans flamme,
Paraissaient vouloir fouiller l'âme
Et s'y retourner, durs tridents;
Et quand il discourait, farouche,
On croyait entendre en sa bouche
S'agiter un nœud de serpents.

Le dernier, avorton mièvre,
Portait bravement sa laideur
Et laissait errer sur sa lèvre
Un sourire morne et railleur.
Sa démarche était d'un homme ivre,
Hop-Frog semblait en lui revivre
Avec sa ruse et ses défauts;
Sa voix avait des assonnances
Rauques, après de longs silences,
Ainsi que le cri des gerfauts.

Dans mon rêve aux formes mouvantes,
Ces trois étranges inconnus
Bien que d'allures différentes,
Des mêmes bords étaient venus.
Cependant qu'au clavier, Lydie
Transformait la gamme hardie
En mille pensers gracieux,
Je crus percevoir des paroles
Tantôt mâles, tantôt frivoles,
Et j'écoutai, fermant les yeux.

IV.

MAESTOSO.

— Il est passé, le temps des luttes héroïques
Où les penseurs glanaient leurs poëmes épiques,
L'âge, cher aux guerriers, des suprêmes combats...

Dans les champs du passé, la gloire sous nos pas
Eclosait, et, devant les radieux trophées,
Les poëtes, heureux d'être les coryphées,
Le luth en main, l'amour au cœur, l'ardeur aux yeux,
Confondaient en leurs vers les héros et les dieux,

Enfant, brise ton luth! Cette époque si belle
Est perdue à jamais dans la nuit éternelle
Où gisent les titans et les hauts chevaliers;
Sous ses débris confus, parmi les madriers
Rompus de ses castels à la tête noircie,
Dort le principe altier de toute Poésie!

Car, en ce temps banal où le lingot est Roi,
Peut-il donc espérer s'élever jusqu'à toi,
Calliope, celui qui, viveur au front pâle,
Moins épris de Roland que de Sardanapale,
Chante la bourgeoisie opulente, et n'a pas
Le souffle qui s'émeut d'un sublime trépas!

Non! Non! La Poésie exige un champ plus large!
C'est la puissante nef, orgueilleuse du large,
Mais dont la proue altière, aux sillages profonds,
S'endommage aux récifs et s'embourbe aux bas-fonds.
Ainsi, quand la cavale à l'ardente narine
Qui, de l'âpre simoun veut gonfler sa poitrine,
Tombe, captive, aux mains des vils palefreniers,
Elle se meurt, laissant intacts les râteliers;
De même, les Neuf-Sœurs, rebelles aux Pygmées,
N'exhalent leurs accents qu'aux cimes bien-aimées
Où règnent les Pensers vastes, audacieux,
Qui captivent l'esprit et parlent des aïeux!

Si tu ne veux briser ton luth, fuyons, poëte,
Vers le Passé, couché dans sa tombe muette!...
Regarde! Le vieil homme au front mâle, qui dort,
N'attend pour s'éveiller que l'appel d'un cœur fort.
Que de ton vers profond, — trompette résonnante, —
L'écho fasse dresser sa tête grisonnante;
Que l'athlète endormi se soulève à ta voix
Retrouvant en son cœur l'audace d'autrefois,
Et toutes les vertus de la chevalerie,

L'Espérance et la Foi, l'Amour de la Patrie
Viendront doubler l'ardeur des chastes dévoûments;
D'Assas, aux champs divins isolé trop longtemps,
Verra d'autres martyrs sur le Styx apparaître:
Le courage guerrier pourra régner en maître!..

. . . .

Mais quoi ! se pourrait-il que, loin de t'exciter,
De semblables accents te fissent hésiter?..
Se pourrait-il aussi, poète, que ton âme
Pour peindre ces tableaux ne trouvât point de flamme?
Tu resterais muet au souffle généreux
Qu'exhalent par ma voix les mânes des aïeux?..
Va, demeure en la nuit aux profondes ténèbres
De ces temps désolés ! et, puisque tu célèbres
Ce qui souffre bien plus que ce qui domina,
Écoute encor ma voix: la Muse est morte, et n'a
Pour veiller sur sa tombe aujourd'hui solitaire
Et chanter son passé, plus même un chantre austère.

La Poésie est morte, et demain n'est qu'un mot ! —

Et, comme sous le vent s'incline le rameau,
Je crus voir tout-à-coup cette ombre passagère
Onduler mollement à la brise légère,
Puis disparaître enfin, rapide, à mon regard.
— Mais le moine déjà s'était dressé, hagard....

V.

ADAGIO.

Quand, joignant au respect des gloires féodales
L'amour du mysticisme aux saintes fictions,
Les penseurs, du genou creusaient les sombres dalles
Des cloîtres, et rêvaient de chastes passions;

Quand, entourant son corps du tissu des cilices,
Le moine, obéissant aux vouloirs d'un Dieu fort,
Dans la nuit des couvents acceptait les supplices,
Envisageant toujours l'espoir d'un meilleur sort;

Lorsqu'une secte, enfin, poussait jusqu'au martyre
La Foi dans la parole austère des aïeux,
Alors, l'esprit humain portait des fruits; la lyre
Exhalait des accents qui parvenaient aux cieux.

Sur le démon du mal la vertu triomphante
En ces temps-là vengeait ses charmes méconnus;
On entendait gémir, en ses fers pantelante,
L'Hérésie, aux charbons exposant ses pieds nus.

L'Inquisition sainte était alors maîtresse,
Et quand Satan geignait sous le fer des bourreaux,
L'Eglise offrait à Dieu des hymnes d'allégresse,
Le Poëte rimait à l'ombre des vitraux...

Mais c'en est fait! — La Foi, dont l'auréole tombe,
Aujourd'hui rampe aux pieds de l'Incrédulité;
Le mépris des autels, poussé jusqu'à la tombe,
Rend joyeux le démon de la Perversité.

Comment glorifier, quand on ne veut plus croire?
Comment du roi David ranimer les accents?..
L'imagination se dérobe à la gloire,
Et vos efforts, penseurs, demeurent impuissants.

Le Matérialisme est devenu l'Idole
Dont vous voulez — hélas! — embellir les atours;
Mais, loin des temples saints à la fière coupole,
La Muse attend en vain l'aube de meilleurs jours.

Poëtes, renaissez à la foi de vos pères!
Allez frapper du front les murs des souterrains,
Allez, aux profondeurs des sombres monastères,
Redresser les autels qu'ont secoués vos mains,

Et vous pourrez peut-être exhaler en cantiques
Ce qu'il vous reste au cœur de généreux accords, —
Sinon, laissez dormir l'esprit des temps antiques:
Le vieux luth est fidèle au souvenir des morts!

VI.

SCHERZO.

Mais une voix semblable aux plaintes des crécelles
  Répondit à sa voix :
Sous les grelots, sonnants comme des escarcelles,
  Le nain svelte et narquois

S'avança. Lors, tandis que le moine farouche
  Cheminait au lointain
L'éclair dans le regard, la menace à la bouche,
  Ainsi parla le nain :

— Tu l'entends, poëte ! Elle est bien passée,
L'époque où la Muse avait libre essor !
Tu n'adorneras donc plus ta pensée
Du manteau d'Iris, de la strophe d'or !

Tout vaste poëme exige l'espace
Et ne peut briller que sous l'œil de Dieu ;
Or, ton siècle est vain, et quand elle passe
Sur son char, Clio fait geindre l'essieu !

Plus d'illusions ! Luth ou Mandoline,
C'est trop d'harmonie en ce temps banal !
Quitte sans regret la stance divine !
Va ! ne poursuis plus ton fol Idéal !

Hormis le sarcasme acerbe qui raille,
Dis-moi, quels succès envisages-tu ?
Car, depuis Brutus, c'est à la ferraille
Qu'il faut reléguer l'antique vertu.

Aux âges passés, quand régnait la force,
J'entrevis déjà le règne des fous :
Je me fis bouffon, celant sous l'écorce
D'un pitre moqueur, un esprit jaloux.

J'étais favori de la souveraine,
Choyé presque autant que son épagneul....
Pourtant, je sentais un ferment de haine
Me monter au cœur, dès que j'étais seul !

Je savais, au jour, encor me contraindre,
Je dissimulais aux yeux des puissants;
Mais, quand il n'était plus besoin de feindre,
Mon fiel s'épanchait en propos cuisants!

Mon temps est venu, — car, en cette époque,
Les pitres, les fous sont assez nombreux
Pour que le public jamais ne se choque
Quand nous nous targuons de couplets scabreux.

Mon temps est venu — puisque toute idée
Dès qu'elle est sublime inspire pitié;
Puisque la faveur est à ceux gardée
Qui du rire obscène ont fait un métier!

Mon règne commence, — et le tien, peut-être,
Si tu prends, au lieu du luth glorieux,
Le fouet sanglant, si tu sais en maître
Flageller le front serein des heureux.

Ah! si tu vas croire aux vertus humaines,
Si le bien social te semble un fruit mûr,
Et si du Bonheur les chimères vaines
Remplissent tes yeux de rêve et d'azur,

Tu peux bien traîner, poète, en ce monde,
Ta Foi, ton Espoir, tes Illusions;
Mais tu sombreras dans le gouffre immonde,
Jouet des autans et des passions.

Si tu ne conserve au fond de ton âme
Que la ruse avec la Perversité,
Si le Dieu du Mal t'a légué sa flamme,
Viens! je te promets l'Immortalité!

Je te donnerai l'Audace en partage,
Le Rire strident, le rire qui mord,
Du viel histrion, garde l'héritage!....
— Quand il disparut, j'écoutais encor!

O Muse! est-il donc vrai que les vastes pensées,
Ces rayons qui nous font les maîtres d'ici-bas,
Ne doivent couronner que les gloires passées
Et célébrer des jours qu'a tranchés le trépas?..

Ou bien a-t-il raison, ce gnome!.. Et la victoire
Restera-t-elle à ceux qui, cyniques, iront
Souiller d'un Rire impur le temple de Mémoire,
L'injure sur la lèvre et l'impudence au front ?..

Non; cela ne se peut! Hérésie! Hérésie!
N'allons pas blasphémer le Progrès radieux!
En ce siècle surtout, la chaste Poésie
S'élève de nos cœurs pour monter vers les cieux!

Si le Passé conserve en ses tombes muettes
Des gloires que le temps ne saurait amoindrir,
Ne reste-t-il donc plus aux penseurs, aux poëtes
L'Amour dans le présent, l'espoir dans l'Avenir?

Et toi, Nature, toi, source immense d'études,
Ne te livres-tu plus aux yeux de tes amants?
Ne recèles-tu pas, au fond des solitudes,
Des dictames d'Amour, des mystères charmants?

N'as-tu donc plus, ainsi qu'aux premiers jours du monde,
Le Printemps succédant aux glaces des hivers?
N'as-tu plus, ô Nature, en tes fleurs, en ton onde,
Des poëmes divins à tes lecteurs ouverts?....

C'est en tes bois, bien loin des tourelles antiques,
Que nous retrouverons le cénacle pieux
Où de l'esprit humain s'élèvent les cantiques
Où la Muse s'épanche en rhythmes gracieux;

Et dans l'ombre des soirs, nous irons, ô Lydie,
Demander aux Sylvains le secret des accents
Que murmure la voix de la brise attiédie
Dans les chênes moussus, dans les ormeaux naissants.

TABLE

LE HAVRE. — IMPRIMERIE LEPELLETIER.